Las tres estrellas y las dos ~~nubes~~
The Three Stars and the Two Clouds

cuento bilingüe
español * inglés
bilingual story
Spanish * English

Rubén J. Levy

Ilustraciones * Illustrations
Gilberto Jaén

Copyright © Rubén J. Levy
Copyright © Ilustraciones * Illustrations, Gilberto Jaén Llamas
Copyright © Pinta tus emociones * Color your feelings, Manuel Jaén
Todos los derechos reservados
All rights reserved

808.0683
L668   Levy Downie, Rubén José
       Las tres estrellas y las dos nubes = The three stars and the two clouds / Rubén José Levy Downie; il. Gilberto Jaén Llamas. – Panamá : Piggy Press, 2005.

       32p. ; 21cm.

       ISBN 9962-629-34-9

       1. LITERATURA INFANTIL PANAMEÑA – CUENTOS
       2. CUENTOS INFANTILES PANAMEÑOS   I. Título.

Piggy Press Books
Apartado 0843-00294
Panamá, República de Panamá
info@piggypress.com
www.piggypress.com

Para mi hija Mia Sarah,
la estrellita que inspiró el cuento.

For my daughter Mia Sarah,
the little star that inspired the story.

Hay muchas estrellas en el cielo. Nuestra historia comienza con dos de ellas.

La primera era una estrella de seis puntas que era muy imaginativa y juguetona, pero que no brillaba mucho durante la noche porque estaba triste... ya que no tenía con quien jugar.

There are many stars in the sky. Our story begins with two of them.

The first star was a six-pointed star that was very creative and playful, but it did not shine very much at night because it was sad... as it had no one to play with.

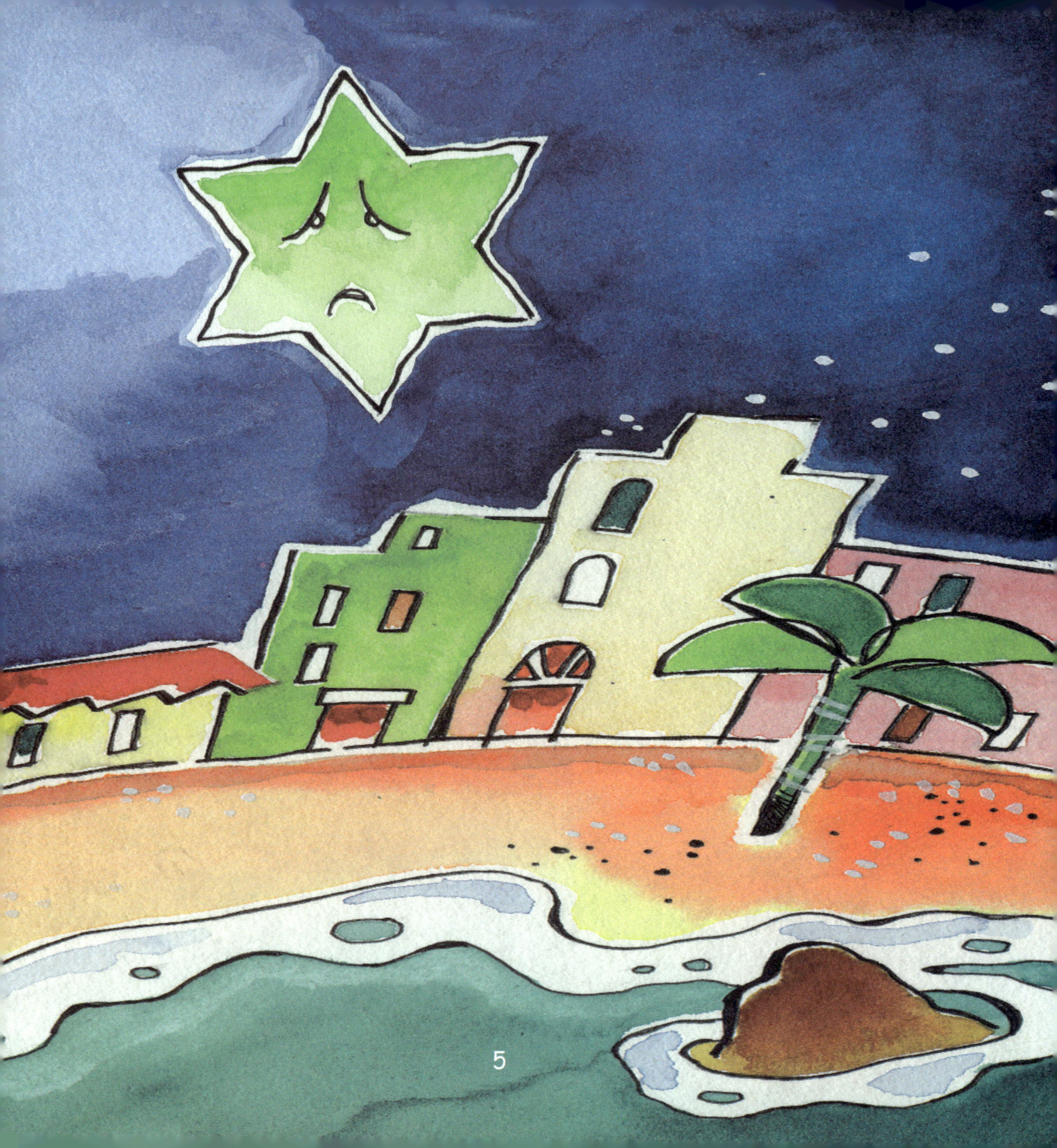

6

La otra estrella era una cariñosa y trabajadora estrella de cinco puntas que tampoco brillaba mucho durante la noche porque nada la hacía reír.

The other star was a loving and hard-working five-pointed star that also did not shine much during the night because nothing made her laugh.

Un día por la mañana, la estrella de cinco puntas fue a descansar a una nube gordita y acolchonada.

Cuando dio una vuelta alrededor de la nube para ver que lugar le gustaba más para sentarse, ¡se encontró con la estrella de seis puntas!

One day early in the morning, the five-pointed star decided to rest on a thick and soft cloud.

When she flew around the cloud to see on which spot she preferred to rest, she met the six-pointed star!

—¡Hola! ¿Cómo estás? —preguntó Seis Puntas.

—Estoy preocupada porque no brillo mucho por las noches. A mí nada me hace reír —contestó Cinco Puntas.

—Bueno, yo tampoco brillo mucho por las noches porque no tengo con quien jugar. Si tú juegas conmigo, seguramente yo te haré reír.

"Hello! How are you?" Six Points asked.

"I'm worried because I don't shine very much at night. Nothing makes me laugh," answered Five Points.

"Well, I don't shine too much at night either because I don't have anyone to play with. If you play with me, surely I can make you laugh."

Y las estrellas entablaron buena amistad y pasaban mucho tiempo jugando.

Desde entonces, ambas estrellas comenzaron a brillar intensamente porque una ya tenía con quien jugar y la otra se reía todo el tiempo de las invenciones y ocurrencias de su amigo.

And the stars became good friends and spent lots of time playing.

From then on both stars began to shine very brightly because one had someone to play with and the other laughed at the inventions and witty remarks of her friend.

Y sucedió que de esa amistad surgió el amor y las estrellas se casaron y escogieron una nube para que fuera su hogar.

Arreglaron su casita en la nube: la cocina, el baño y el cuarto principal.

¡Y un tiempo después arreglaron el cuarto para la estrellita que esperaban!

And their friendship grew into love, and the stars got married and picked their very own cloud to make their home.

They fixed their house on the cloud: the kitchen, the bathroom and the master bedroom.

And some time later, they fixed the room for the little star they were waiting for!

Un día nació la más bella de las estrellas: una estrellita de ocho puntas, tan cariñosa como su mamá y tan juguetona como su papá.

Then one day the most beautiful star was born: an eight-pointed little star as loving as her mom and as playful as her dad.

En la noche la estrellita jugaba con su mamá y su papá haciendo hoyuelos entre las nubes y por el día Papá o Mamá Estrella le cantaba una canción antes de dormirla.

At night the little star played with her mom and dad making holes between the clouds; and during the day Daddy or Momma Star would sing a song to her so she would go to sleep.

Cuando Estrellita despertaba, buscaba a su mamá y a su papá.
—Ya es de noche. Quiero bañarme y salir a jugar —decía.
—Muy bien, Estrellita, pero antes de empezar, tienes que comerte un buen desayuno.
—Sí, Mamá.
—Bueno, Hija, dame un beso que me voy a trabajar —decía su papá.
—¡Mua!
—Un abrazo a Mamá que también tengo que salir.
—Mmm.

When Little Star would wake up, she would look for her mom and dad.
"It's nighttime. I want to take a bath and go out and play," she said.
"Very well, Little Star, but before you start, you have to eat a good breakfast."
"Okay, Mom."
"Well, dear daughter, give me a kiss. I'm going to work," her dad said.
"Mua!"
"Give Mom a hug because I have to go out, too."
"Mmm."

15

Con el tiempo, Estrellita comenzó a comer más. Fue creciendo grande y fuerte y llegó a la edad de ir a la escuela para aprender a brillar como las otras estrellitas.

With time, Little Star began to eat more and was growing big and strong, and she reached the age to go to school to learn to shine like the other little stars.

Y Estrellita aprendió muchas cosas: Cómo brillar por la noche y cómo compartir los juguetes. Aprendió sobre los animales, la familia y muchas cosas más.

Estrellita estaba muy contenta con todas las otras estrellas que eran sus amigos, amigas y maestras.

And Little Star learned many things, like how to shine at night and how to share toys. She learned about the animals, the family and many other things.

Little Star was very happy with all the other stars that were her friends and teachers.

Pero un día Papá Estrella y Mamá Estrella, luego de una discusión, tuvieron la siguiente conversación:

—Con el tiempo me he dado cuenta que discutimos mucho. Además, no dejo de brillar ni me pongo triste si no juego contigo —dijo Papá Estrella.

—Yo también he notado que hay otras cosas que me hace brillar además de ti —dijo Mamá Estrella.

Entonces Mamá y Papá Estrella decidieron separarse y que de allí en adelante cada uno viviría en su propia nube.

But one day after an argument, Daddy and Momma Star had the following conversation:

"Lately I've noticed that we argue a lot. And besides, I don't stop shining or get sad when we don't play together," Daddy Star said.

"Well, I've also noticed that there are other things that make me shine besides you," said Momma Star.

So Momma and Daddy Star decided to separate, and from then on each one would live in his or her own cloud.

Así que un día, Papá y Mamá Estrella sentaron a la estrellita y le explicaron lo que pasaba.

—Mi querida Estrellita, de ahora en adelante voy a vivir en mi propia nube —dijo Mamá Estrella.

—Y yo también voy a vivir en mi propia nube —dijo Papá Estrella.

—Pero tú vas a tener un cuarto muy lindo en mi nube —dijo Mamá Estrella.

—Y también tendrás otro cuarto muy lindo en mi nube —dijo Papá Estrella.

So one day, Daddy and Momma Star sat together with their little star and explained to her what was happening.

"My dearest Little Star, from now on I'm going to live in my own cloud," said Momma Star.

"And I'm also going to live in my own cloud," said Daddy Star.

"But you will have a very pretty room in my cloud," said Momma Star.

"And you will have another very pretty room in my cloud, too," said Daddy Star.

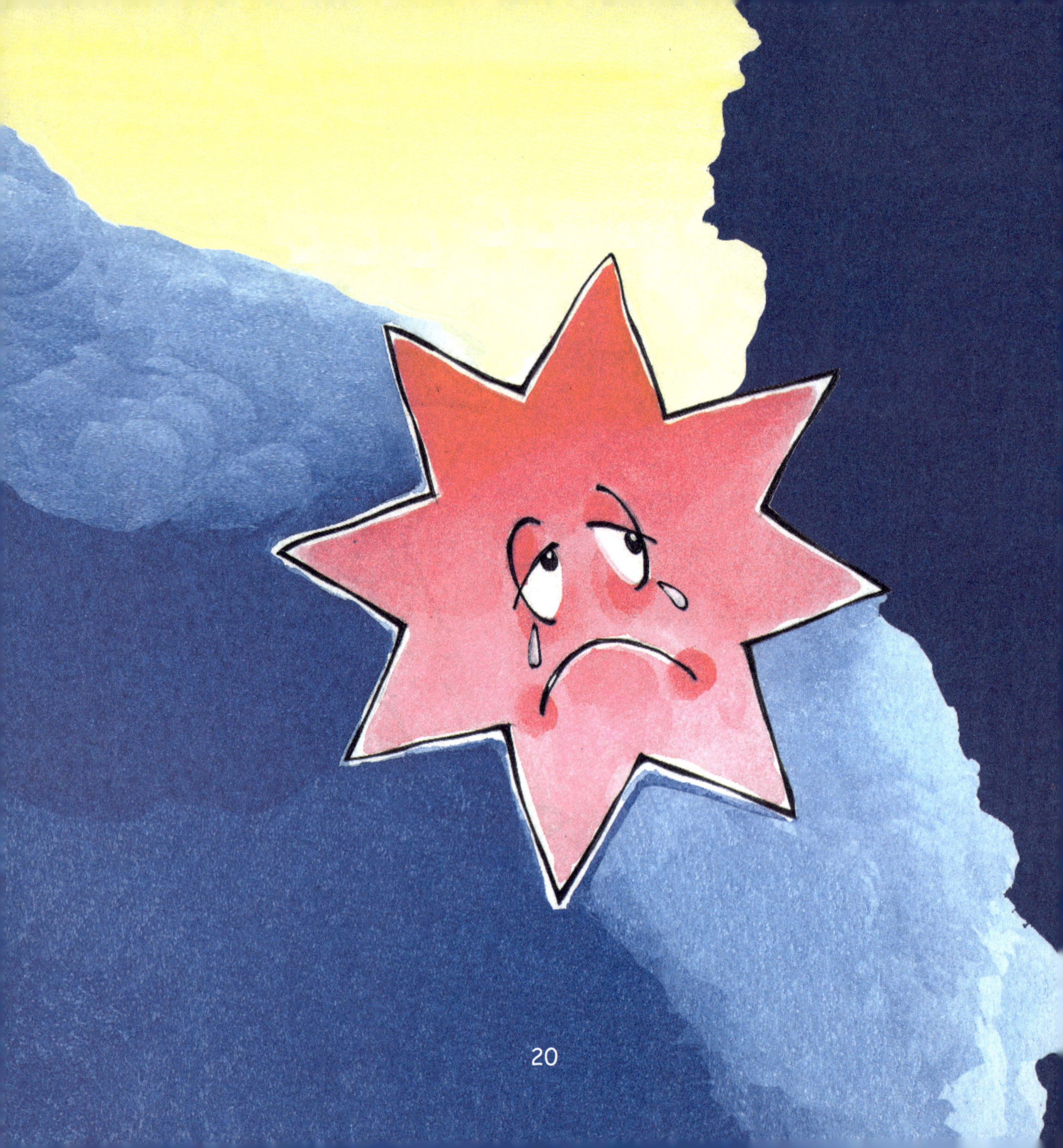

Estrellita se puso triste porque no entendía que era lo que pasaba. Ella estaba acostumbrada a ver a su mamá y papá juntos en la misma nube.

　　—Estrellita, nosotros te queremos mucho y aunque vivamos ahora en nubes separadas, tú siempre serás nuestra estrellita —dijo Mamá Estrella.

　　—Y nosotros seguiremos siendo tu mamá y tu papá —explicó Papá Estrella.

　　Little Star became sad because she did not understand what was happening. She was used to seeing her mom and dad together in the same cloud.

　　"Little Star, we both love you very much, and even though we now live in separate clouds, you will always be our little star," said Momma Star.

　　"And we will always be your mom and your dad," explained Daddy Star.

—¿Pero dónde voy a vivir? —preguntó Estrellita.

—Vas a vivir un tiempo conmigo y otro tiempo con Mamá —explicó Papá Estrella—. Pero si vives conmigo y quieres visitar a Mamá, podrás hacerlo. Y cuando vivas con Mamá, podrás visitarme si quieres.

"But where am I going to live?" Little Star asked.

"You will live for a time with me, and another time you will live with Mom," Daddy Star explained. "But when you live with me and want to visit Mom, you can. And when you live with Mom, you can visit me if you want to."

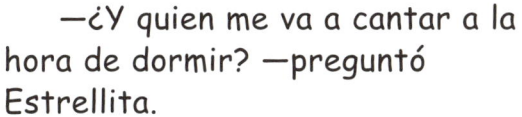

—¿Y quien me va a cantar a la hora de dormir? —preguntó Estrellita.

—Cuando estás conmigo, yo te cantaré y Papá podrá visitarte. Y cuando estás con Papá, él te cantará y yo te visitaré también —dijo Mamá Estrella.

"And who will sing to me at bedtime?" Little Star asked.

"When you're with me, I will sing to you, and Daddy can visit you. And when you are with Daddy, he will sing to you and I will visit you, too," said Momma Star.

Estrellita comprendió que vendrían cambios, pero sabía que su papá y su mamá la querían mucho y que todo iba a estar bien.

De repente, se le ocurrió preguntar algo importante.

—Y mis juguetes, ¿dónde van a estar?

Algunos de tus juguetes estarán en la casa de tu papá y algunos estarán en mi casa —dijo Mamá Estrella.

—Pero los puedes llevar y traer cuando quieras —dijo Papá Estrella.

Little Star understood that there were going to be changes, but she knew that her mom and dad loved her very much and that everything would be okay.

But suddenly she thought of something important to ask.

"And where are my toys going to be?"

"Some of your toys will be in Daddy's house, and some will be in mine," said Momma Star.

"But you can take them back and forth whenever you like," said Daddy Star.

Estrellita abrazó a su mamá y a su papá.

—Te quiero mucho, hija —dijo Mamá Estrella.

—Y yo también te quiero, Mamá —dijo Estrellita.

—Y yo también te quiero mucho, mi estrellita —dijo Papá Estrella.

—Y yo a ti, Papá.

Little Star hugged her mom and her dad.

"I love you very much, my daughter," said Momma Star.

"And I love you, too, Momma," said Little Star.

"And I love you very much, too, my little star," said Daddy Star.

"And I love you, too, Daddy."

Papá Estrella arregló su casa en su nube y Mamá Estrella también arregló su casa en su nube. Y en cada casa Estrellita tuvo un cuarto muy bonito con libros y juguetes.

Y Estrellita vivía unos días con Mamá y otros días con Papá. Seguía acudiendo a la escuela para estudiar y ver a sus amiguitos.

Daddy Star fixed his house on his cloud, and Momma Star also fixed her house on her cloud. And in each house Little Star had a pretty room with books and toys.

And Little Star lived a few days with her mom and a few days with her dad. She kept going to school to study and see her friends.

Estrellita se divertía con cada uno de ellos y a veces salían los tres al cine, a comer una pizza o un helado.

Little Star had fun with each of them, and sometimes the three of them went to the movies, to eat a pizza or an ice cream.

Estrellita pensaba que era muy afortunada. A pesar que su mamá y su papá vivían separados, la querían mucho; y comprendió que estaba bien cuando los niños tienen una o dos nubes donde pueden vivir.

Y estaba tan contenta que inventó esta canción.

Little Star thought she was very lucky. Even though her mom and dad were separated, they loved her a lot; and she understood that it was all right for children to have one or two clouds where they can live.

And she was so happy that she wrote this song.

La Canción de Estrellita

Soy la pequeña estrellita
Que brilla al atardecer.
Si me buscas con cuidado,
Seguro me vas a ver.

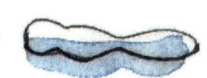

Tengo dos casas bien lindas
Donde jugar y dormir.
Cuando estoy por acá
Estoy con Papá.
Cuando estoy por allá
Estoy con Mamá.
Puedo estar con los dos
Por allá y por acá,
Pero puedo ser feliz.

Otros niños solo tienen
Un lugar donde vivir.
Yo tengo dos nubecitas
Adónde puedo ir.
Tengo juguetes en ambas
Y en las dos me divierto sin fin.

Cuando estoy por acá
Estoy con Papá.
Cuando estoy por allá
Estoy con Mamá.
Puedo estar con los dos
Por allá y por acá,
Pero quiero ser feliz.

Puedo estar con los dos
Por allá y por acá,
Pero siempre estoy feliz.

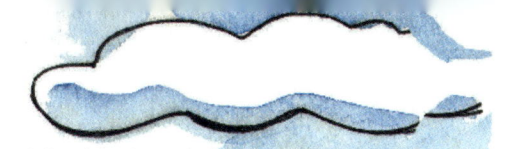

Little Star's Song

I am the little star
That shines in the sky at night.
If your eyes look up to find me,
You'll see me shining bright.

I have two pretty houses
Where I can play and sleep.
When I live over here
My dad is real near.
When I live over there
Then my mom takes care.
I can live over here
Or can live over there,
But I can be happy too.

Some children have only one
Place where they live their lives.
I have two different clouds
Where I spend my time.
With books and toys in both places
I also have more friends too.

When I live over here
My dad is real near.
When I live over there
Then my mom takes care.
I can live over here
Or can live over there,
But I want to be happy too.

I can live over here
Or can live over there,
But I'm always happy too.

El ilustrador

Gilberto Jaén Llamas nació en Panamá el 22 de abril de 1951. Se graduó de Bachiller en Ciencias en el Instituto Nacional. Desde temprano y de manera autodidacta se dedicó al diseño gráfico y a hacer caricaturas, algunas de las cuales expuso en la Galería del Dexa y publicó en los periódicos. Realizó trabajos de diseño gráfico para empresas como *Tony Fergo* y *Campagnani* entre otras. Está casado y con cuatro hijos. Es el hermano del pintor Omar Llamas.

The Illustrator

Gilberto Jaen Llamas was born in Panama on April 22, 1951. He graduated from the National Institute in Science. From an early age, he taught himself graphic design and did caricatures, some of which he exhibited in the Dexa Gallery and published in the newspapers. He worked as a graphic designer for various companies such as *Tony Fergo* and *Campagnani*. He is married and has four children. His brother is the painter Omar Llamas.

Mia Sarah con el autor

Rubén J. Levy nació en Panamá el 28 de noviembre de 1961. Es abogado. Además de pertenecer a varias asociaciones relacionadas con su práctica profesional, es miembro de B'nai Brith, Mensa Panama y Abou Saad Shriners.

Rubén es uno de los autores contribuyentes del *Diccionario Legal Español-Ingles/Ingles-Español West* y Productor Ejecutivo de Penta Records. *Las tres estrellas y las dos nubes * The Three Stars and the Two Clouds* es su primer cuento bilingüe infantil, que escribió en 1994 para explicar el divorcio a su hija que tenía entonces 3 años. El cuento fue ilustrado y una versión en audio fue grabada en español, pero el cuento no fue publicado hasta el año 2005.

Mia Sarah with the Author

Ruben J. Levy was born in Panama on November 28, 1961. He is an attorney. Besides belonging to numerous organizations related to his profession, he is a member of B'nai Brith, Mensa Panama and Abou Saad Shriners.

Ruben is also a contributing author for *West's Spanish-English/English-Spanish Law Dictionary* and the Executive Producer for Penta Records. *Las tres estrellas y las dos nubes * The Three Stars and the Two Clouds* is his first bilingual children's story, which he wrote in 1994 as a way to explain divorce to his then 3-year-old daughter. The story was illustrated and a companion audio version recorded in Spanish, but the story was not published until the year 2005.

Pinta tus emociones
Color your feelings

CONFIADO
CONFIDENT

PERPLEJO
CONFUSED

CONTENTO
HAPPY

ENOJADO
ANGRY

TRISTE
SAD

AMOROSO
LOVING

Piggy Press Books
info@piggypress.com
www.piggypress.com